KB134129

나는 새벽 사이 자주 죽었다

나 여기를 떠나면
그런 날이 오면
약속 하나만 해
오래오래 날 기억하겠다고

김한솔 시집

나는 새벽 사이 자주 죽었다

harmonybook

chapter1 너와나

chapter2 가족에 대하여

chapter3 큰 소나무

차례

chapter1

너와나

편안한 밤을 보냈나요, 소란스러운 밤을 보냈나요

나는 어젯밤 꿈에서

의자를 박차고 일어나 울었어요

아프지도 않은데

마음이 쓰라렸어요

눈물에 내가 잠길 것만 같았어요

당신은 내 꿈에 없었어요

도대체 어디에 있었나요?

못된 사람

매일 존재하던 것들이

네 옆에선 신비로운 명사가 되었지

태양은 검은색이라고 말해도 나는 너를 따랐을 거야

내가 읽던 시집은 파란색

내가 쓰던 공책은 붉은색

이것 봐 네 앞에선 모든 것이 새로워지잖아

밤에 쓰는 모든 글은 연서가 되지

너에게 닿기 전에 유실되어 버리지만

나는 지금 슬프지 않아

나의 고백은 늘 독백이었으니까

어디로 가버렸을까 내 고백은

하얀 꽃이 핀 나무 아래

상처가 난 꽃잎들이 고여 있었다

우리는 3월에 부는 시린 바람에

꽃샘추위라는 이름을 붙였다

바람이 부는 이유는 간단했다

네가 요즘 너무 이뻐서, 마음도 몸도 얼굴도.

그냥 다 예뻐서, 꽃이 너와 닮아서.

너는 유난히 올해 봄에 추위를 많이 탔다

꽃샘추위

기분 나쁜 날씨에 개의치 않고

그냥 너를 바라보다

물어보고 싶다

어젯밤 잠은 잘 잤느냐고,

좋은 꿈 꾸었냐고

너의 새벽을 지키는 일

구름이 뭉게뭉게 이쁘더라

사진을 찍어서

너에게 보내줄까 생각했어

넉넉한 구름과 빈곤한 마음

마구마구 쏟아버리고 싶다

손가락을 못 펼 만큼 글을 써재끼던가

꾸역꾸역 밥을 밀어놓고

전부 토해버리거나

온종일 구름은 헤엄치고

나는 멍하니 하늘을 쳐다보고

또다시 그대가 보인다

소용돌이

그 사람은 논리적이고, 또렷했다

그 사람의 문장들은 너무나 분명해서

나의 고백이 끼어들 틈은 없었다

네 마음에 공백이 있었다면

시집을 들었다가 놓았다가

소설책을 펼쳤다가 덮었다가

모르겠어, 네가 자꾸 아른거려서

멀미

다음 주부터는 시험 기간이야

과제는 잔뜩 쌓였고 오늘도 글을 하나 쓰고 자야 해

알바를 하러 가서도

정신없이 일하느라 바빠

내일은 교수님하고 상담도 해야 하고

식구들에게 생일 축하도 받을 거야

네가 점점 잊혀 간다는 소리야

하지만 내 모든 발걸음에 네 생각이 치이는 것 같아

날씨는 또 왜 이렇게 추운 건지

괜히 널 만났던 여름을 떠올려

날씨가 추워서 그런 거야

네가 생각난다는 건 아냐

나의 사계절은

내 마음에 붉은 열매가 자란다면

똑 하나 따서 너에게 주고 싶어

여기 있어, 내 마음

열매는 피를 흘리고 있겠지

일단 나는 쓰고 보는 버릇이 있어

이 페이지를 넘기기 전에

나는 네가 보고 싶다고 네 줄을 고백해 놓고

하얗게 덮었어, 우리 그냥 눈이

한 번 더 내리길 바라자 눈이 쌓인 나무를

찍어 보내면서

봐봐, 오늘 눈이 왔어. 라고 한 번 더 연락할 수 있게

눈보다 아름답던

나는 너를 선택한 것을 후회한다고

소리치며 꿈에서 깼어

시인의 문장은 가시처럼

내 마음에 박혀

혼자 너의 답장을 기다리는 시간

나 혼자 차갑게 아픈

내 마음은 이미 하얗게 헐어버렸어

매일이 서러웠지

너 울었니

아니 나 울지 않았어

다만 네가 그렇게 물어봐 주길 기다렸어

무정한 사람아

너는 나에게 아프지 말라고 했지만

나는 그 문장이 조금 아팠다

아프지 말라는 말은 진심이길 바랐다

보고 싶다는 말은 거짓일지라도

가시

그때 난 어땠을까

널 만나 기뻤을까

너는 기쁘지 않다는 사실에

아팠을까

누가 정답을 알려줄 수 있을까

잠깐 너의 마음속에 들어가고 싶어 어려운 일이

아니잖아 너의 마음을 보여주는 것은 나는 이렇게

활짝 열려 있는데 개화한 개나리처럼 예쁘게

그래 나는 예쁘게 피어 있는데 오늘도 아프기만 하네

행복해 너는

나는 혼자 공상하는 걸 아주 좋아하죠 이를테면 고장 난
에스컬레이터를 타고 올라가면서 당신은 지금 무얼 하고 있
을까 상상하는 거 말이에요 당신 미소에 하루를 버렸다는 말
은 너무 진부하잖아요 하지만 나는 정말 그런걸요 하늘을 보
니 노란색 색종이로 만든 비행기가 생각나요 우리 같이 종이
접기를 하면서 어제는 무슨 일을 했는지 얘기를 해요 노란 색
종이 같은 시트지에 아카시아 향 향수를 뿌려 당신에게 선물
해요 당신과 닮은 향이어서 샀어 나는 당신이 웃는 모습을 보
았어요 아 참 아프지 말라고 걱정해주지는 마세요 그럼 나는
정말 죽어버리고 싶을 만큼 아프고 싶으니까요

아카시아

버스가 멈춘 순간 나는 네 생각과 부딪혔다고 썼는데

사실 그건 변명이야

나는 하루 종일 너를 생각하거든

심장이 쿵

나의 눈을 바라봐 주세요 나를 심판하지 말아요

내 눈동자 깊숙이 수몰되어 있는 우리만의 비밀을 찾아주세요

하나로는 부족해요 나는 항상 여러 갈래로 당신을 사랑했으니까요

그리고 나는 길을 잃었어요

구름은 흘러가라고 생긴 거야

부지런히 흘러가느라 뒤를 쳐다볼 틈도 없지

그럼 흘러가는 꽃구름도 네 것이라고 하자

예쁘고 아픈 단어는 다 네 몫이었잖아

나는 네 꽁무니를 따라다니는 여운이 될래

네 단단한 뒷모습에 와장창 깨져버린 채로

나는 영원히 네 뒤에 숨어 있을래

꽃구름

나는 새벽마다 네 꿈을 꾸었고

너는 나에게 가끔 사랑한다 말했지

어서 와,

나 슬퍼하면서 너를 안을게

나 기꺼이 슬픈 밤을 보낼게

이 밤이 지나도록

짝사랑은 여기서 끝이에요 교수님

제 첫사랑은 이렇게 깜깜한 밤

잠실 도로 한복판에서 끝이 났어요

이제 수업 시간에 그 사람 얼굴이 떠오른다거나

목소리가 윙윙거리는 일도 없을 거예요

이제 화장을 지우고 수면제를 먹어야겠어요

아, 수면제를 먹으면 그 사람의 문자에 답장하지 못할 텐데,

교수님 저는 어떻게 하죠?

지독한 열병, 고약한 열병

chapter2

가족에 대하여

아침 일곱시

엄마는 항상 아침 공기와 함께 내 방으로 들어왔다

솔 미안해, 금방 하고 나갈게

엄마는 단추를 목 아래까지 채우는 사람이었고

입술엔 죽은 빨간색이 칠해져 있었다

나는 아침잠을 찢고 들어온 엄마가 미웠다, 집에 하나밖에 없

던 화장대조차도

엄마는 아빠의 빈자리를 어깨에 지고 집을 나섰다

하루종일 숫자를 만졌고 지문이 닳도록 펜대를 굴렸다

나는 엄마 통장의 숫자들을 먹고 자랐다

힐끗힐끗 하얀 새치가 엄마의 머리카락 속에서 돋아나기 시

작했다

엄마는 코트를 동여매고 집에 돌아왔다

차가운 겨울의 삭바람은 어제와 다를 것이 없었다

엄마는 차게 식은 반찬을 깔아놓고 늦은 젓가락질을 시작했다

엄마, 순대 맛있어? 응 맛있네 근데 왜 껍질까지 먹어? 응 빨

리 죽으려고

일곱 살의 밤

누런 식탁 조명 아래서 엄마는 처음으로 죽고 싶다 했다

딸이 엄마 키를 넘어갈 무렵

나는 엄마를 닮은 화장을 배웠다

아이라인은 그리지 않았고 인디언레드를 즐겨 발랐다

엄마, 나 알바 다녀올게 아침은 꼭 먹어야 해

이불 속에 파묻힌 엄마는 아무 말도 하지 않았다

아침 아홉 시였다

인디언레드

너는 엄마가 돈을 벌고 있을 때도 배를 쿵쿵 찼지

우리 아기 잘 놀고 있구나 우리 아기 오늘 신이 났구나

네가 큰 울음으로 이 세상에 나왔을 때

엄마는 서둘러 의사에게 물어봤어

우리 아기 건강해요?

의사는 웃으며

말 대신 고개를 끄덕거렸어

엄마는 그때부터 아프더라

엄마는 배가 찢어지는 산통보다

너를 낳으면 너에게 꼭 모유를 먹여야겠다는 생각뿐이었어

1998년 10월 15일 오전 11시 14분

솔아 엄마는, 하느님이 정말 계신다면

내 딸이 죽을 때 웃으면서 눈을 감는지 여쭤보고 싶어

딸아, 내 예쁜 아가야

오늘 난 딱 1분 동안 할머니 손녀였다

과거에 집을 짓고 있는,

자꾸만 예전으로 돌아가려는 할머니

할머니, 왜 나를 낯선 시선으로 바라보나요

엄마는 허리가 아프다며 등을 두드렸다

그리고 나에게

알바를 하나 더 구하는 게 좋겠다고 했다

웃으면서 말했다

나는 아무 말도 할 수 없었다

스무 살

모래알 같은 사람들

까칠까칠하잖아 우리는 만나면 안 돼

얼굴을 맞대어도

우린 뭉칠 수 없어

금방 부서지고 말 거야

엄마, 엄마는 식구들끼리 밥 먹는 게 소원이라고 했지

그렇게 말하는 엄마도

결국엔 모래야

우린 아파

만나면 아프기만 해

　　　　　　점점 모래성에 금이 가고

엄마 수면이 참 잔잔하다

원래 저렇게 잔잔해야 하는 게 맞는 건데 왜

엄마 세상에 아름다운 게 있긴 할까

엄마, 엄마

엄마

파도가 덮치기 전에

늙은 물고기는 눈을 뜨고 죽었다

사람들은 회를 떠먹었다

전부 먹어치웠다

우리 집 부엌에는 회 뜨는 칼이 있다

늙은 엄마가 있다

자식들은 준비를 하고 있다

옷소매를 걷고

엄마는 이불 속에서

덜덜 떤다

자식에게 모든 걸 퍼주지 말라는

법률 스님의 강의를 크게 틀어놓고서

나에게 엄마는

엄마에게 나는

어제 새벽 자살 기도를 한 사람과 햄버거를 먹었다

오빠는 붕대를 감은 두 팔로 감자튀김을 집어 먹었다

오빠 이제 뭐 할 거야

그러게

이제 뭐 하지

그의 통장 잔고만큼이나 미래는 가난했다

같이 신문에 날일 있냐고 소리 지르던 의사와

조급하게 점심시간을 기다리던 간호사

그리고 나는

그 앞 의자에 앉아 오빠를 기다리던 여동생

오빠의 유서 같았던 크리스마스 선물을 받고 기뻐했던

여동생

우리는 이제 어떻게 해야 하나요

거짓말하지 마 그날 밤 엄마 귀에선 피가 났잖아

쉽게 소멸되지 않는 기억들과 남겨진 사람들

슬픔은 남겨진 사람들의 몫이라더니 그렇지도 않네

속에서 수천 개의 가시가 돋아났고 몇 번을 앉아서 울었다

하느님은 언제나 날 방관했고 나는 삐뚤빼뚤 걸었다

넘어지지는 못했다 등 뒤에서 누군가 엄마 눈에 농약을 뿌

려 버릴까 봐

                              그 밤을 기억해

엄마는 나에게 엄마였던 시간이 길지 않았는데

그건 분당제생병원 중환자실에 묶여 있던 시간 때문이었다

엄마는 내 엄마야? 나는 곧잘 물어보곤 했다

저 짧은 파마머리를 하고 뒤뚱뒤뚱 걷는 저 여자가

내 손을 잡고 피터팬 연극을 보러 갔던 하얀 블라우스에 검은

정장 바지를 입었던 그 여인인가

수술을 받고 기억이 다 돌아오지 않아 구구단도 못 외울 때

나를 보며 내 공주라고 부르던 그 대머리의 여인이

지금 부엌에서 계란찜에 명란젓을 넣고 기뻐하는 그 여인인가

엄마는 내 엄마야? 이상하게 엄마는 그 질문을 좋아했다

이방인

우리 집엔 어른이 한 명도 없었어

다들 서로를 향해 칼을 들고 찌를 준비를 하고 있었으니

왜 우리에게는 얇은 보호막조차 없었을까

반 친구들이 하늘을 보며 자기 꿈을 바느질할 때

우리는 어른들의 싸움을 말려야 했지

우린 커져 버린 시꺼먼 구멍을 매우는 환자였어

우리가 가진 바늘과 실은 무슨 색깔이었을까?

오빠, 우린 서로를 한순간도 미워한 적이 없었어

chapter3

큰 소나무

나는 스틸녹스를 먹었다 몸은 고통을 느낄 수가 없어서 바늘로

여러 번 나를 찔러 보았고 칼을 베개 밑에 두고 숫자를 세었다

그러다 방문을 덜컥 열고 엄마에게 잘 있으라고 했고

베란다에 가서 섰다 뛰어내려도 아프지 않다고 누군가

나에게 속삭였고 나는 한쪽 발을 베란다 밖으로

그리고 엄마와 나는 함께 뒤로 자빠졌다 엄마는 내 따귀를

때렸고 나는 아픈 뺨을 가지고 스물하나가 되었다 네가

어떤 사람인데 그러니 언제나 어디서나 얼마만큼이나

널 사랑한다 하지 않았니 나는 그 말을 들으며 시를

썼고 내 이야기는 아직 결론이 나지 않았다

181026

나무들 빽빽한 숲속에

벌레 한 마리가 껴 있는 것 같다

나는 무명의 벌레에 나와 같은 이름을 붙여주었다

어차피

나는 그것과 크게 다를 것도 없었다

공황

내일은 죽어야지

라고 생각하면서

시를 읽었다

시인은 나의 상처가 꽃이라고 했다 그러나

내 글은 전부 죽은 말들이다

엄마는 나를 낳기 전 호랑이 꿈을 꿨다

엄마는 그 호랑이를 밀쳐냈어야 했다

내가 대신 후회할게 엄마

나 여기를 떠나면

그런 날이 오면

약속 하나만 해

오래오래 날 기억하겠다고

유서

비가 사선으로 내렸고

냇물은 자기 멋대로 출렁였다

나는 웅크려 앉아 엉엉 울었다

웃음소리가 흘러나오는 맥줏집 앞의 호수에서

가끔 나는 노를 저으려고 일부러 울었던 것 같기도 해

나 여기 살아 있다고 나 여기 애쓰고 있다고

아무나 알아달라고

바다 한가운데서

나는 가끔 숨을 안 쉬었다

정상적인 사람은 들숨과 날숨이 규칙적이어야 한다는데

나는 가끔 호흡하는 법도 까먹었다

피멍이 들었나봐

외딴섬

외딴 방

넋 나간

초라한

저물어가는

나

노을

오늘 아침 난 무엇을 했지

시끄러운 모닝콜을 굳이 꺼 가면서 8시 6분까지 잠을 잤고

이어폰을 주머니에 넣어놓곤 한참을 찾았지

노란 단풍을 보면서

저 나무는 왜 단풍이 노란가, 생각했고

내일 만날 너 생각에 심장이 쿵 떨어졌지

교수님과 마신 얼그레이는 쓰지 않아서 좋았어

사실 나는 그때

나는 언제부터 행복하면 안 되는 사람이었나

그런 생각을 했어

지겹도록 그런 생각을 했어

샤워기 줄은 이미터 이미터로 나는 내 열여덟 살을 묶어

저 멀리 던져버리려고 했다 더 쓸 것도 없다 실패했으니까

아직도 나는

산산조각이 난다

악의 없이 줄어드는 통장의 숫자들과

잔뜩 뿔이 난 사람들

기댈 곳 없는 나와

어김없이 어두워지는 밤하늘

나는 오늘

아끼는 펜 하나를 잃어버렸다

울음도 터뜨리지 못해서

길을 잃었다

손상된 관계는 껌처럼 내 머릿속에 달라붙었고

부엌에선 국그릇 하나가 깨졌다

죽은 듯 누워 있는 책들

나는 수많은 모서리를 머리맡에 두고 잠에 들었다

꿈속에서 누군가

음독자살을 했다

그 독의 맛이 궁금해

발이 땅에 닿지 않았다

나는 천장에 목매단 사람처럼 대롱대롱

째깍째깍 죽어가는 사람의 시간이 흐르고 있었다

그리고 다시 밤

모든 걸 그만하자고

웬만하면 우리 여기까지만 아프자고

전부 털어놓겠다 시작한 이 글도 마침표를

찍지 못하고

쉼표

오만 원짜리 블루투스 스피커에서는

너의 눈길을 구걸하는 노래가 나오고 있었고

노트북에서는 미친 사이코가 칼을 들고

나를 쫓아오고 있었다

엄마는 오늘 죽고 싶다고 하였으나

딸의 등록금 때문에 그리하지 못했다

가만히 보니

실핏줄이 터져 왼쪽 눈이 빨갰다

가만히 들여다보았지 그 동공에 있는

내 얼굴이 무슨 표정이었는지

아무도 나의 하루가 어땠느냐고

물어보지 않는다

13일은 그렇게 지나가고 있었다

너에게 상처받았다가,

다른 이에게 치유 받았다가,

밤 열 시에는 조금 슬펐다

먹구름이 끈덕지게

나에게 달라붙었다

외로움

나를 만나기 위해 오늘을 살고 있었다는 시인의 문장에

잠시 머물렀다 그리고 만 팔천 원짜리 나태주 시집을 만지작

거리다

만 원짜리 시집을 계산했다

너에게 사랑받고 싶다는 생각이 잠깐 들었다가

죽고 싶다는 엄마가 떠올랐다

나는 오늘 나였던 적이 없다

미아

왜 오늘은 비가 내리는 거야

왜 저 테이블만 모양이 다른 걸까

바람은 왜 왼쪽에서 오른쪽으로 부는 거고

왜 저 자리엔 분식집이 들어왔을까

너는 왜 나에게 그만하자 말한 거야

내 앞길엔 왜 이정표가 없고

초침 소리가 너무 시끄러워

눈을 감고 싶어

나는 자주 하늘을 바라봤다 그러고는

나에게 썩은 동아줄이라도 내려달라 애원했다

마지막 부탁이었는데

엄마, 나 오늘 울었어

어린애처럼 엉엉 울었어

엄마가 아플까 봐 말 못 했어

엄마, 나는 이제 그만하고 싶어

쓰러져 깊은 잠만 자고 싶어

나는 엄마 말대로 특별한 사람이 되고 싶었는데

특별하게 아프기만 한 것 같아

미안하다고 하고 싶지는 않아

그런 상상을 하기도 했다

오늘 불광사 5층 난간에서 떨어진다면

몸을 던진다면

바닥에서 누가 날 잡아줄 수도 있지 않을까

마법처럼 누가 나를 안아줄 수 있지 않을까

사실 나는 너무 살고 싶어

오늘도 손톱 거스러미를 뜯으면서

슬퍼서 우는 게 아니라고 베인 곳이 아파서 우는 거라고

거짓말

낮에 석촌호수 근처를 지나가다

이어폰을 끼고 땀 흘리며 달리는 사람을 보았다

서점에서 공무원 문제집을 만지작거리는 남자도 보았다

도로에 수많은 형광 글씨가 둥둥 떠다니는 것도 보았다

천호역 지하철 입구에서 오렌지를 파는 할머니도 보았다

나는 오늘 죽지 않기로 했다

오늘 하루는 더 살아있기로 했다

은인

내일은 내일의 유서를 써야지

끝, 안녕

* 지구를 위해 친환경재생지를 사용합니다.

초판1쇄 2021년 6월 20일
지 은 이 김한솔
펴 낸 곳 하모니북

출판등록 2018년 5월 2일 제 2018-0000-68호
이 메 일 harmony.book1@gmail.com
전화번호 02-2671-5663
팩   스 02-2671-5662

ISBN 979-11-6747-003-4 03810
© 김한솔, 2021, Printed in Korea
값 12,900원

이 도서의 국립중앙도서관 출판예정도서목록(CIP)은 서지정보유통지원시스템 홈페이지(http://seoji.nl.go.kr)와 국가자료공동목록시스템(http://www.nl.go.kr/kolisnet)에서 이용하실 수 있습니다.

이 책은 저작권법에 따라 보호받는 저작물이므로 무단 전재와 무단 복제를 금지하며, 이 책 내용의 전부 또는 일부를 이용하려면 반드시 저작권자와 출판사의 서면 동의를 받아야 합니다.